DE ABU CON AMOR

Creado y escrito por:

Bella Neville Cruz y Mamá (Katia Quintana Cruz)

Ilustraciones: Madeleine Mae B. Migallos

Tellwell Talent
www.tellwell.ca

ISBN
978-0-2288-6012-9 (Paperback)

Este libro está dedicado a mi Abi (mi abuela) y a mi mamá, quienes día a día me demuestran su amor incondicional con su caluroso cariño.

Agradezco a mi papá y a mi mamá por creer en que mi historia pudiera ser publicada.

"De abuela con Amor" es un libro inspirado por algunos eventos y situaciones que ocurren en mi familia.

BELLA
☆
K&C mom

Bella y su abuela estaban sentadas en el Portal de la casa juntas. De pronto, Bella se viró hacia su abuela y le preguntó:

¿Me amarías aunque me tome todos tus pomos de agua? La abuela miró a Bella y le respondió:

Tendría mucha sed todo el día, pero te seguiré amando.

Bella: Abuela: ¿Me amarías si estoy leyendo tu libro?

Abuela: Me sentiría frustrada, pues no tendría libro para leer, pero aún te seguiré amando. Quizás puedas leer una historia para mí?

Bella: ¿Me amarías si me escondo de ti?

Abuela: Yo estaría confundida y hasta preocupada, pues donde quieras que te encuentres, yo saldría a buscarte. Sí mi Bella, claro que te amaría.

Bella: ¿Me amarías si yo uso todos tus marcadores?

Abuela: Me aburriría, pues no tendría ninguno para yo dibujar, pero claro que te amaría. Quizás puedas hacer una pintura para mí.

Bella: Abi: ¿Me amarías si hago muchos dibujos para ti?

Abuela: Estaría rodeada de todo tú arte para admirarlo. Pues claro que te amaría.

Bella: ¿Me amarías aún cuando salto en el sofá?

Abuela: Me asustaría mucho. Podría hasta pegar un grito del susto, pero solo porque te amo, no quisiera que te cayeras y te dieras un mal golpe.

Bella: Si me escapo de mi cama y vengo a tú cama porque quiero un abrazo...¿Me amarías entonces?

Abuela: Me sentiría cuidada, amada y muy protegida por ti. Te abrazaría y te amaría aún mucho más.

La abuela le dio un beso y un abrazo a Bella y le dijo: Yo siempre te amaré Bella, sin importar lo que sientas o lo que hagas. Mi amor por ti es infinito.

Bella: Yo siempre te amaré también abi, por toda la eternidad.

Acerca de los Autores.

Bella es una niña de 5 años con una imaginación brillante. Ella es muy divertida y feliz. Su primera lengua es el Inglés y habla muy bien el Español. Ella es muy creativa, a menudo la encuentras cantando canciones improvisadas por ella misma. Le fascina hacer arte, pintar y contar historias. De Abuela con Amor es la version en Español de: "From Grandma with

Love". La historia la creó Bella con sus propios dibujos. Su mamá Katia escribía la historia, mientras Bella se la contaba. Al ser terminado el primer borrador, Bella expresó que le gustaría que su familia, amigos y maestros leyeran su historia. Ahí, en ese momento comenzó la jornada de: "De Abuela con Amor".

Katia es la mamá de Bella. Ella es una immigrante Cubana-Canadiense. Su primer idioma es Español. El Inglés lo aprendió por sí sola. Ha logrado estudiar diferentes carreras. Ella es Cantinera professional, está graduada de asistente de Enfermería, y en la actualidad ejerce la Carrera de Asistente Dental Certificada. Katia siempre ha tenido pasión por los libros, la música y la escritura. Bella le despertó la pasión de escribir nuevamente con esta historia. Las necesidades de su familia y su hija siempre han sido su prioridad. Esperamos que esta historia llegue a ustedes con mucho cariño.

"De Abuela con Amor", es un libro que está lleno de inquietas preguntas de certeza y amor de una niña hacia su abuela. ¿Pueden las travesuras de Bella interferir con el Amor que su abuela siente por ella?

CPSIA information can be obtained
at www.ICGtesting.com
Printed in the USA
BVHW052001041221
622831BV00001B/2